TYPISCH 1994

DER BESTE JAHRGANG

Wartberg Verlag

Impressum

1. Auflage 2023

34281 Gudensberg-Gleichen
Im Wiesental 1
Telefon: 056 03/9 30 50
www.wartberg-verlag.de

Redaktion: Wartberg Verlag, Dörte Rienäcker
Gestaltung und Satz: r2 | Ravenstein, Verden
Druck und Bindung: optimal media GmbH, Röbel an der Müritz

ISBN: 978-3-8313-3694-4

VON

Mama & Papa

FÜR

1994 – DAS WAR LOS!

- Der **Eurotunnel** unter dem Ärmelkanal – eins der kühnsten Bauprojekte des 20. Jahrhunderts – wird eröffnet und Sony bringt die **Playstation** auf den Markt.
- Unser Bundeskanzler ist Helmut Kohl (CDU).
- **Schumi ist der Schnellste:** Erstmals gewinnt mit Michael Schumacher ein Deutscher die Formel 1.
- Erfolgreichster Kinofilm des Jahres ist **„Der König der Löwen"**.
- **„Superwahljahr"** ist das Wort des Jahres, denn die Deutschen werden 19-mal an die Urnen gerufen.
- Nummer-1-Hits in Deutschland sind **„Without You"** von Mariah Carey, „I Swear" von All-4-One und „Love Is All Around" von Wet Wet Wet.

Michael Schumacher

WIR 1994ER

769 603 Kinder werden im Jahr 1994 in Deutschland geboren.

SO HEISSEN WIR

Diese Vornamen geben uns unsere Eltern am liebsten:

MÄDCHEN	JUNGEN
Julia	Jan
Laura	Lukas
Anna	Philipp
Sarah	Alexander
Lena	Tim
Lisa	Fabian
Annika	Tobias
Vanessa	Daniel
Jacqueline	Felix
Marie	Dennis

94ER PROMIS

IM GLEICHEN JAHR WIE WIR ERBLICKEN AUCH SIE DAS LICHT DER WELT:

Harry Styles (1. 2.)

Dakota Fanning (23. 2.)

Justin Drew Bieber (1. 3.)

Saoirse Ronan (12. 4.)

Dner (25. 6.)

Felix Jaehn (23. 8.)

Dagi Bee (21. 9.)

Taddl (1. 9.)

Capital Bra (23. 11.)

Justin Bieber

LEGO
8-12
Harry Potter

SPIELKINDER

DAS DARF IN UNSEREN KINDERZIMMERN NICHT FEHLEN:

- Playmobil
- Duplo, Lego
- Schleich-Figuren
- Barbiepuppe
- Matchbox-Autos
- Hot Wheels
- Polly Pocket
- Mein kleines Pony
- Diddl
- Puppy Surprise
- Furby
- BABY born
- Spielzeugküche, Kaufmannsladen
- Holzeisenbahn, Carrera-Bahn

ZEITVERTREIB

SPÄTER FASZINIEREN UNS:

- **Jo-Jo**
- **Beyblade-Kreisel**
- **Skip-It-Fußkreisel**
- **Super Soaker**
- **Tamagotchi**
- **Game Boy Advance**
- **Magic: The Gathering**
- **Sammelkarten** von Pokémon, Digimon, Yu-Gi-Oh
- **Panini-Sammelalbum**

POKéMON

FIFA WORLD CUP
GERMANY
2006
Manufactured under licence by
PANINI
www.paninigroup.com
OFFICIAL LICENSED STICKER ALBUM

GAME BOY ADVANCE

IMMER IN BEWEGUNG

DRAUSSEN SIND WIR AM LIEBSTEN DAMIT UNTERWEGS:

- Bobby Car
- Dreirad
- Tretroller
- Pedalo
- Kinderrad
- BMX-Rad
- Inliner
- Cityroller
- Kickboard
- Scooter
- Skateboard

DIE SCHULE HAT UNS

AUSGESTATTET SIND WIR MIT:

- **Amigo-**, **McNeill-** oder **Scout-Ranzen**, am liebsten mit bunten Mustern aus Tieren, Fantasiewesen, Autos oder unseren Lieblingsfiguren
- Doppeldecker-**Aufklappmäppchen**
- Turnbeutel, **Brustbeutel** und Regenschirm passend zum Ranzen
- Pausenbrot und Rohkost in der **Tupperdose** sowie **Trinkflasche** – **Pausenmilch** und Snacks gibt es beim Hausmeister

Später steigen wir um auf **Rucksäcke** von Eastpak oder 4You und **Schlampermäppchen.**

Kinderknete
mit Lebensmittelfarbstoffen
Box
test
gut

FESSELNDER LESESTOFF

KAUM KÖNNEN WIR LESEN, VERSCHLINGEN WIR BÜCHER, COMICS UND ZEITSCHRIFTEN:

- Petterson und Findus
- Hase Felix
- Conni
- Was ist was?
- Das Sams
- Ronja Räubertochter
- Die Wilden Kerle
- Die Wilden Hühner
- Die unendliche Geschichte
- Momo
- Harry Potter
- Tintenherz
- Micky Maus
- Geolino
- Yam!
- Mädchen

my first
Are elephants
Häwelmann
BRIEFE VON FELIX
Wird schon wieder gut!
Die Biene Maja
Leselöwen
Lesepiraten
Indianergeschichten
Udo Richard
Kleine Geschichten, großer Lesespaß
LESEFANT
Vorsicht, große Schwester!
Werner Färber
KNISTER
Hexe Lilli
und der Zirkuszauber
Sommer-Bodenburg Der kleine Vampir 5
Osborne Im Tal der Dinosaurier
Das magische Baumhaus
Otfried Preußler HORBE
Mai Fußballgeschichten
Schubert Abc-Geschichten
PAUL MAAR
DIE KLEINE HEXE
VON OTFRIED PREUSSLER
Conni geht

Alfred Hitchcock
Die drei ??? und die rätselhaften Bilder
EUROPA
Alfred Hitchcock
Die drei ??? und der magische Kreis
EUROPA
515 924.5
STEREO
24
Alfred Hitchcock
Die drei ??? und die silberne Spinne
EUROPA
Die drei ??? und der grüne Geist (8)
Ein spannendes Hörspiel nach Alfred Hitchcock
Eine Studio EUROPA-Produktion
5 908.3
515 908.3
1
515 901.6
STEREO
Alfred Hitchcock
Die drei ??? und der Super-Papagei
EUROPA
EUROPA
Alfred Hitchcock
Die drei ???

AUF DEM KINDERKASSETTENREKORDER LAUFEN UNSERE LIEBLINGSGESCHICHTEN:

Benjamin Blümchen (Bibi Blocksberg)

- Benjamin Blümchen
- Bibi Blocksberg
- Bibi und Tina
- Rolf Zuckowski
- Flitze Feuerzahn
- Fünf Freunde
- Hanni und Nanni
- Arielle, die Meerjungfrau
- Hui Buh
- ALF
- TKKG
- Die drei ???
- Knight Rider
- Masters of the Universe

ZUCKERSCHNUTEN

WIR MÖGEN ALLES, WAS SCHÖN SÜSS, SAUER ODER SALZIG IST:

- Benjamin Blümchen Torte
- Koala-Kekse
- Eissorten: Sky, Boomy, Solero Shots
- Hubba Bubba Bubble Tape
- Tubble Gum aus der Tube
- Party Burger
- Brause-Ufos
- Campino Sahnebonbons
- Center Shock
- Chupa Chups
- Pop Rock Knisterbrause
- Magic Gum Knisterkaugummi
- Ocean Vidal Glibberfrucht-gummi
- Candy Lippenstift
- M&M's
- Milka
- Ritter Sport
- Frufoo Schoko-Ufos
- Käpt'n Kuck Joghurt
- Fruchtzwerge-Selbstmach-Eis

Hubba Bubba
Bubble Tape gum
180cm
FANCY FRUIT
Campino
NEU
Sommerfrüchte und Sahne
Pfirsich • Heidelbeere • Himbeere
Onken
FRUFOO
BUBBLE GUM Geschmack
4 SCHOKO-UFOS
und 1 FRUFOO-KinderSpaß!
aus viel frischer Milch!
Ritter SPORT
CHOC 2000
100g
Käpt'n Kuck
Milka
DRINK
SCHOKOLADEPULVER
Milka LEO
Boomy
SKY
KÜCHENMEISTER
KOALA Schoko
DREAM HOLIDAY
jetzt mit witzigen Koala-Figuren oder anderen Überraschungen!

Unsere liebsten Programme sind: **Der Kinderkanal, RTL Zwei, Super RTL** und **Nickelodeon.**

Die Pfefferkörner

ANIMES, ZEICHENTRICK UND WISSENSSENDUNGEN

UNSERE LIEBSTEN KINDERSERIEN SIND:

- Sendung mit der Maus
- Löwenzahn
- Tabaluga tivi
- Tigerenten Club
- Die Pfefferkörner
- Wissen macht Ah!
- Disney Club
- Chip und Chap
- Duck-Tales
- Die Gummibärenbande
- Briefe von Felix
- Marsupilami
- Pokémon
- Dragon Ball Z
- Sailor Moon
- Die Simpsons
- Die Schlümpfe
- Die Dinos
- Oiski! Poiski!

COMEDY, CASTINGS UND DAILY SOAPS

UNSER TV-PROGRAMM VON FRÜH BIS SPÄT:

- Schloss Einstein
- Power Rangers
- GZSZ
- Marienhof
- Verbotene Liebe
- Verliebt in Berlin
- How I Met Your Mother
- Two and a Half Men
- Big Brother
- Popstars
- DSDS
- Star Search
- Germany's Next Topmodel
- Das Supertalent
- TV Total
- Schlag den Raab
- Genial daneben

Deutschland sucht den Superstar (DSDS)

KINO FÜR KIDS!

UNSERE HELDEN ENTFÜHREN UNS IMMER WIEDER IN FREMDE WELTEN:

- Pokémon
- Toy Story
- Der kleine Eisbär
- Das Sams
- Shrek
- Ice Age
- Monster AG
- Bibi Blocksberg
- Findet Nemo
- Die Wilden Kerle
- Madagascar

Die Wilden Kerle

Findet Nemo

Twilight – Biss zum Morgengrauen

GANZ GROSSES KINO!

FANTASY-, COMEDY- UND ANIMATIONSFILME VERZAUBERN UNS:

- Harry Potter
- 7 Zwerge
- Fluch der Karibik
- Twilight (Biss-)Saga
- Transformers
- Nachts im Museum
- Keinohrhasen
- Ratatoullle
- Die Simpsons
- Kung Fu Panda
- Die Welle
- Avatar – Aufbruch nach Pandora
- Ich – einfach unverbesserlich
- Sherlock Holmes
- Ziemlich beste Freunde
- Türkisch für Anfänger

Avatar – Aufbruch nach Pandora

GENERATION MATTSCHEIBE

TV, PC, KONSOLE, HANDHELD UND SMARTPHONE – WIR WOLLEN SIE ALLE HABEN:

- **Nintendo DS** (mit Touchscreen)
- **PlayStation** (2 + 3)
- **Xbox** + **Xbox 360**
- **Nintendo Wii**
- **Fernseher** mit Flachbildschirm
- **DVD-Player**
- **Digitalkamera**
- **Handy** mit Kamera und Musik
- **Smartphone** (am liebsten iPhone)
- **MP3-Player, iPod** (Classic, Nano, Touch)
- **Laptop**

NINTENDO DS
Nintendo

In diesen Foren und Chats sind wir unterwegs:
Schüler VZ
Studi VZ
ICQ
WKW (Wer-kennt-wen)
Facebook
MSN

ZOCKEN UND DADDELN

UNSERE MEISTGESPIELTEN VIDEOGAMES UND COMPUTERSPIELE:

- SimCity
- World of Warcraft
- Die Sims
- Super Mario Galaxy
- Wii-Sports, Wii-Fit
- Need for Speed
- Tomb Raider
- The Legend of Zelda
- Call of Duty
- FIFA

DIE ANGESAGTESTEN NINTENDO-SPIELE:

- Mario Kart DS
- Super Mario 64 DS
- Pokémon
- Tetris
- Wonderland
- Bomberman
- Nintendogs

DER STYLE DER MILLENNIALS

JEDER NACH SEINEM GESCHMACK!

- **Hüfthose** (z. B. von Miss Sixty)
- **Jeans mit Aufdruck**
- **Verschlissene Hose**
- **Kapuzenpulli und -jacke**
- **Babydoll-Tops** und **-Kleider**
- **Spaghettitop, enges Shirt**
- **Bolero-Jäckchen**
- **Designerklamotten** (z. B. von Ed Hardy)
- **Adidas-** oder **Nike-Turnschuhe**
- **Flipflops**
- **Rock** oder **Kleid über Hose**
- **Kurzarm über Langarm**
- **Großes Halstuch** oder **Schal**
- **Breiter Gürtel**
- **Hornbrille**
- **Freundschaftsbänder, Power-Armbänder**
- **Buttons**
- **Tattoo-Halskette, Ethno-Halskette**
- **Tattoos und Piercings**
- **Eastpak-Rucksack**

Frisuren:

Haarkamm à la Beckham
Igelfrisur, blondiert oder mit Cuts (Mustern)
Emo-Pony (Haare nach vorne gestylt)
Schmetterlingsclips
Gekreppte Haare
Zickzack-Scheitel
Seitlicher **Zopf**

GENERATION Y (WHY)

HOPPER, SKATER, EMOS
... ODER VON ALLEM EIN BISSCHEN!?

HOPPER

- Baggy Pants
- Army Cargo Pants
- XL-Shirt
- Oversized Sportanzug
- Bling-Bling-Accessoires
- Dicke Ketten
- Basecap
- Kopfhörer

SKATER

- **Hose von Carhatt**
- **Skateschuhe** von Etnies, Chucks, Vans
- **Weites T-Shirt** mit Print
- **Bench-Jacke** und **-Pulli**
- **Schlüssel-Kette**
- **Strickmütze**

EMOS

- **Dunkle Haare** und farbige Blocksträhne
- **Schwarze Kleidung** mit Neonfarben kombiniert
- **Röhrenjeans**
- **Nietengürtel**
- **Netzhemd**
- **Netzstrumpfhose**
- **Chucks** oder **Vans**
- **Piercings und Tunnel**

PLAYLIST UNSERER JUGEND

House, Rap, Hip-Hop, Rock, Electro-Pop, Deutsch-Pop

DIE GRÖSSTEN HITS UND STARS:

Lady Gaga: Poker Face; Paparazzi; Bad Romance

Rihanna: Unfaithful; Umbrella; Russian Roulette

Katy Perry: I Kissed A Girl; Hot N Cold; Firework

P!nk: Get The Party Started; So What

Shakira: Hips Don't Lie; Waka Waka

Black Eyed Peas: I Gotta Feeling

Snoop Dog: Sensual Seduction; Sweat

David Guetta: Sexy Bitch; When Love Takes Over

Justin Timberlake: What Goes Around ... Comes Around; SexyBack

Duffy: Mercy

Timbaland/One Republic: Apologize

Fedde le Grand: Put Your Hands Up In The Air

Nelly Furtado: Say It Right; Maneater

Ami Winehouse: Rehab; Back To Black

Bushido: Alles wird gut

Eminem: When I'm Gone; Just Lose It

Sido: Der Himmel soll warten

Nickelback: How You Remind Me

Linkin Park: What I've Done; New Divide

Usher: Yeah!; OMG

Kelly Clarkson: Because Of You

Christina Aguilera: Candyman; Moves Like Jagger

Avril Lavigne: When You're Gone; Girlfriend

Britney Spears: Womanizer

Beyoncé: Irreplaceable; Sweet Dreams

Sunrise Avenue: Fairytale Gone Bad

Kid Rock: All Summer Long

Coldplay: Viva la Vida

Red Hot Chili Peppers: Snow

One Republic: Secrets

Sugababes: Push The Button; About You Now

Emilíana Torrini: Jungle Drum

Aura Dione: I Will Love You Monday

Gossip: Heavy Cross

Mattafix: Big City Life

US5: Maria

Monrose: Shame; Hot Summer

Maroon5: Moves Like Jagger

Sarah Connor: From Zero To Hero

Xavier Naidoo: Dieser Weg

DJ Ötzi & Nik P.: Ein Stern

Tokio Hotel: Durch den Monsun

Pussycat Dolls: Beep; Don't Cha

Culcha Candela: Hamma!; Monsta

Silbermond: Das Beste

Deichkind: Remmidemmi

Fettes Brot: Emanuela; An Tagen wie diesen

Ich + Ich: Vom selben Stern; So soll es bleiben

Lena Meyer-Landrut: Satellite

Peter Fox: Haus am See

K'Naan: Wavin' Flag

FÜHRERSCHEIN MIT 17

MIT DIESEN AUTOS STARTEN WIR IN DIE ZUKUNFT:

- VW Golf
- VW Beetle
- VW Polo
- Fiat Cinquecento
- Renault Twingo
- Ford Ka
- Smart

CHRONIK 1994-2012

DIE WICHTIGSTEN EREIGNISSE IN UNSERER KINDHEIT UND JUGEND:

1994 – Freie Wahlen:
Nelson Mandela wird der erste schwarze Präsident in Südafrika.

1995 – Frieden:
Der Friedensvertrag von Dayton beendet den Krieg auf dem Balkan.

1996 – Neue Rechtschreibung:
Die Absichtserklärung zur deutschen Rechtschreibreform wird unterzeichnet; sie ruft viele Kritiker auf den Plan.

1997 – Tragischer Tod:
Prinzessin Diana kommt – verfolgt von Paparazzi – bei einem Autounfall ums Leben.

1998 – Regierungswechsel:
Nach 16 Jahren Kohl-Regierung besteigt Gerhard Schröder den Kanzlersessel und regiert mit einer rot-grünen Koalition.

1999 – Spendenaffäre:
Die CDU räumt den Erhalt illegaler Parteispenden ein, das kostet Ex-Kanzler Kohl den Ehrenvorsitz der Partei.

2000 – Kreml statt KGB
Der ehemalige KGB-Offizier Wladimir Putin wird neuer Präsident Russlands.

2001 – 9/11:
Die Terroranschläge vom 11. September durch Al-Qaida auf das World Trade Center und das Pentagon fordern Tausende Menschenleben.

2002 – Tschüss D-Mark:
Der Euro wird als Bargeld und Zahlungsmittel in der EU in Umlauf gebracht.

CHRONIK 1994-2012

2003 – 3. Golfkrieg:
Ein von den USA geführtes Militärbündnis besetzt den Irak, ein Rachefeldzug für die Anschläge vom 11. September 2001.

2004 – Tsunami:
Ein Seebeben im Indischen Ozean löst eine riesige Flutwelle aus, sie verwüstet ganze Küstenregionen und fordert 230 000 Todesopfer.

2005 – Frauen an die Macht:
Angela Merkel wird Bundeskanzlerin, sie ist die erste Frau und die erste Ostdeutsche in diesem Amt.

2006 – Sommermärchen:
Ganz Deutschland feiert als Gastgeber der Fußball-WM eine wahre Fußball-Party. Italien wird Weltmeister, die deutsche Elf Dritter.

2007 – iPhone 1:
Apple bringt sein erstes Smartphone auf den Markt.

2008 – Finanzkrise:
Die internationalen Finanz- und Bankenkrise löst eine Rezession in Deutschland und anderen Industriestaaten aus.

2009 – „Yes we can":
Barack Obama wird als erster Afroamerikaner zum Präsidenten der USA vereidigt.

2010 – ESC-Fiber:
Lena Meyer-Landrut gewinnt den Eurovision Song Contest mit „Satellite".

2011 – Atomunglück:
Ausgelöst durch ein Erdbeben kommt es zu Unfällen im japanischen Kernkraftwerk Fukushima, atomare Strahlung wird freigesetzt, viele Menschen sterben.

2012 – Gauck for president:
Nach dem Rücktritt Christian Wulffs aufgrund einer Kredit-Affäre wird der ehemalige DDR-Pastor, Bürgerrechtler und Leiter der Stasi-Unterlagen-Behörde, Joachim Gauck, Bundespräsident.

Bildnachweis

Adobe Stock: natura999 – stock.adobe: Cover (l. u.), S. 12 u.; Seth – stock.adobe: Cover (r.), S. 21 u.; Wirestock – stock.adobe: S. 11; Toro The Bull – stock.adobe: S. 35.

Archive und Sammlungen: Verlagsarchiv: S. 13 l. u., 23 o.; © BIG: S. 14 l. o.; Sammlung Daniel Stroscher: S. 22 u., 23 (7); © Mars Wrigley: S. 23 l. o.; © Kuchenmeister GmbH: S. 23 u. r.

picture alliance: dpa | Enterpress Buena Vista: Cover (3. v. r.), S. 29; dpa / epa AFP: S. 4 r.; dpa/MAXPPP | Agence Franck Castel: S. 8 l.; Geisler-Fotopress | Hein Hartmann: S. 8 r. o.; empics | Ian West: S. 8 r. u.; empics | Matt Crossick: S. 9; dpa | PA Fearn: S. 10 l. o.; Photoshot: S. 10 r. u.; PantherMedia / Mile Atanasov: S. 15; dpa | Wolfram Kastl: S. 20; United Archives | United Archives / kpa: S. 24; dpa | Tobias Hase: S. 26; United Archives | United Archives / kpa Publicity: S. 28; fStop | Andreas Stamm: S. 34; PhotoAlto | Ale Ventura: S. 37 M.; PhotoAlto | Laurence Mouton: S. 37 r.; RelaXimages | WRIGHT: S. 38 l.; imageBROKER | Ricardo Demurez: S. 38 r.

ullstein bild: imageBROKER/Norbert Eisele-Hein: Umschlagrückseite, S. 14 r. o.; Bernd Wende: S. 5; Kujath: S. 6; AP: S. 10 l. u., 31; Röhrbein: S. 13 o.; Kuttig: S. 14 u.; Susanne Baumgarten: S. 16; imageBROKER/Birgit Koch: S. 17 l.; JOKER / Hartwig Lohmeyer: S. 17 r. o.; imageBROKER/Ulrich Niehoff: S. 17 r. u.; ddp: S. 18; imageBROKER/Hartmut Schmidt: S. 19; United Archives: S. 21 o., 25, 27, 30; Alert: S. 23 M.; imageBROKER/Raimund Kutter: S. 37 l. o.; imageBROKER/Kozera: S. 39 u.; Wodicka: S. 39 o.

Wikimedia Commons: Evan-Amos, Public domain, via Wikimedia Commons: Cover (l. o.), S. 4 l., 13 r. u., 33 l., 33 r. u.; Cessax / Güstrow (Cessax at de.wikipedia), CC BY-SA 2.0 DE, via Wikimedia Commons: Cover (2. v. r.), S. 32; Studio Alijn, CC0, via Wikimedia Commons: S. 10 r. o.; Tomasz Sienicki, CC BY-SA 3.0, via Wikimedia Commons: S. 12 o.; Carl Berkeley from Riverside California, CC BY-SA 2.0, via Wikimedia Commons: S. 33 r. o.; Muband, CC BY-SA 3.0, via Wikimedia Commons: S. 33 r. M.; Ra'ike, CC BY-SA 3.0, via Wikimedia Commons: S. 36; karindalziel, CC BY 2.0, via Wikimedia Commons: S. 37 l. u.; Rudolf Stricker, Attribution, via Wikimedia Commons: S. 42; Von Thomas Springer, CC BY-SA 3.0: S. 42 M.; Harnas kalisz, CC BY-SA 3.0, via Wikimedia Commons: S. 42 u.; Ra Boe / Wikipedia, CC BY-SA 3.0 DE, via Wikimedia Commons: S. 43.

Wir danken allen Lizenzträgern für die freundliche Abdruckgenehmigung.
In Fällen, in denen es nicht gelang, Rechtsinhaber an Abbildungen zu ermitteln, bleiben Honoraransprüche gewahrt.